U0068078

思念總在分手後

宛若花開、安塔、澤北 合著

天空數位圖書出版

目錄

思念總在分手後

文：宛若花開

　　一個大男孩敲打著電腦鍵盤，開始用 IG 記錄著他在國外的生活點滴：「原本只是想找個人陪伴，解一解思鄉情懷，找個人陪我說說中文也好，卻意外讓她走進我的人生……」

　　王欣翰自上次邵乃葳分手後，決定離開傷心地－德國後，申請工作轉往英國邁進。原本只是希望轉換個環境，讓自己可以重新開始。隻身一人又到另一個異鄉，身邊來來去去的都是不同國家的人，就是缺了些溫暖。偶然間使用交友軟體試試，找個可以聊母語的人，男男女女都好。意外認識一位中國女孩－圓圓，照片上就像是一個漫畫走出來的少女，有點害羞也有點無俚頭，兩個人起初在文字訊息和電話間輾轉，也因這波全球疫情，英國政府下令防疫政策，所有人都只能在家工作，也只能囚禁在家，頂多去趟超市，兩個人一直無法出來見個面、吃個飯。

　　但也是因為如此，兩個都是思鄉的人，頓時因為語言相通而更快親近，從彼此生活聊到健身、旅遊甚至是煽情的話題充斥在他們的對話當中。王欣翰終於提起勇氣，決定再給自己一次機會，邀請圓圓到家中吃飯。初次見面的害羞與陌生，並未阻隔兩人的情愫，也為感情奠下了基礎。見了幾次面後，欣翰

在某次語音中坦白對圓圓的情感，沒想到其實圓圓也在等著欣翰提起，就這樣開始了戀情。

即便無法出遠門，即便在家中，兩個人永遠都有說不完的話題，都有做不完的事情。每一天的每一天，兩個人在陽光灑下的床上相視而笑，感謝上天讓彼此在這惡劣的大環境下，還可以藏有一絲絲溫暖。可惜圓圓的簽證已經到期，也因中國政府防疫政策召回，圓圓被迫回去。但欣翰知道他們也永遠不會再見面了，因為他知道這只是因為異鄉而產生的戀情，他決定跟圓圓分手，讓彼此追求各自幸福。即便圓圓為了欣翰想盡辦法申請工作到臺灣，欣翰只好說出臺灣已有個交往已久且論及婚嫁女友的事實，希望讓圓圓可以徹底死心回中國。

就這樣又是徒留欣翰一人留在異鄉，喝著紅酒想著過去，不禁又回想起與邵乃葳的過往，無奈地搖搖頭笑自己到底是多幸運，怎麼又是這樣無言的結局？為了讓自己可以好過些，欣翰決定回到許久不見得臺灣，坐在機場的椅子上，點開熟悉的 IG 頁面，申請一個另外的小帳號，開始敲打著鍵盤，記錄著他這一年多來的倫敦生活，以及曾經闖進他生活中的圓圓，思念起兩人的生活點滴……

故事開始：

「Good evening passengers, this is the pre-boarding announcement for flight CX 812 to Taiwan, we are now inviting those passengers with small children and any passengers requiring special assistance. To begin boarding at this time, please have your passport and boarding pass ready. Regular boarding will begin in approximately 10 minutes, thank you.」聽到機場廣播開始登機的廣播，王欣翰雙手闔上筆電，拿起放在旁邊的行李，準備搭機回到許久不見的故鄉──臺灣。

跟著其他乘客魚列進入艙門，將自己的行李放上去，一股腦兒坐進窗邊的位子，王欣翰閉上眼睛，開始回想這一兩年來在國外遇到的人事物，感覺一切好不真實，卻又深陷其中……等待起飛的同時不禁看向窗外，好像這窗外景色已不再是自己嚮往的那片天空，那股憧憬似乎被某種感情束縛著。

低頭看著自己右手掛的運動手環，想起圓圓在上個月機場跟他說起：「說好囉，我回去之後，你還是要繼續跟我聯絡，打勾勾！」圓圓作出打勾勾的姿勢，王欣翰皺著眉，還是無奈地舉起右手，這時圓圓馬上拿出一條運動手環套上去，偌大的淚水也跟著滴在王欣翰的手上。

這時，王欣翰才發現剛剛還嘻笑的圓圓，只是**硬撐著笑臉**，卻還是在最後一刻潰堤了……看著低著頭，**雙手緊握著自己的手**的她，緩緩地舉起自己的左手，放在圓圓的頭上輕拍著，圓圓立刻擁上王欣翰。圓圓心裡想著：明明曾經那麼相愛、那麼貼近彼此，為什麼上天總是要這樣捉弄著自己？好不容易遇到一個對的人，卻是在疫情、未婚妻種種的破壞下，成了不對的時間……

王欣翰立刻上前擁抱著圓圓，深怕一沒抱緊，可能圓圓就會像流沙一般從自己的手上流失，想抓也抓不住……但自己心底也清楚，他必須且不得不放棄這段感情，因為這只是一趟旅程，一個很美、很美的夢。當夢醒了，所有人事物都會回歸原來的位子，而時間也只是不斷地繼續往前，從不等待任何人。

「Good morning! Ladies and gentlemen, welcome aboard China Airlines flight CX 812 from London to Taipei. Our flight will take 13 hours and 45 minutes. In order to ensure the normal operation...」耳邊響起飛機起飛前的機艙廣播，王欣翰被拉回現實，趕緊拉上安全帶，待上耳機和眼罩，準備迎接久違的故鄉——臺灣。

　　搭了長途飛機後，再次踏在土地上，總有些不真實感。雖然心裡很希望趕快回家，但還是得乖乖聽從政府的指示，該做的檢查、該戴的東西，全部就像被當作瘟疫般送上了遊覽車。

　　雖然不能按照原本的路線回到熟悉的環境，但一路上，看到久違的機車、電線桿、熟悉的中文字……等，還是讓王欣翰有種回到家的感覺。拿上行李，走下車，踏入一個幽靜的建築物，再次魚列走進一個類似監獄的地方，準備安安靜靜地等待著未知數的十四天。

　　簡單的家具成列，看似乾淨的房間，環繞一圈後，王欣翰簡單整理行李後，整個人癱在空蕩蕩的一張雙人床，明明身體已經很累，腦海裡卻還是不斷地閃過圓圓曾經在床上跟他的一顰一笑。

　　「欣翰，你看！」圓圓趁王欣翰轉頭，剛好一指堵著王欣翰的臉頰，一個人痴痴地傻笑著。

　　「妳真的很無聊耶，幹嘛這樣戳我的臉？」王欣翰無趣地說著。

　　「就是喜歡逗你啊！不然換你啊——糗你抓不到我——」圓圓準備轉身離開床緣邊，卻剛好被王欣翰一手抱回到床上。

「誰說我抓不到妳？妳看！還不簡單！」王欣翰故意把圓圓勒的更緊，避免讓古靈精怪的圓圓又突然假借理由溜走。

「好啦！好啦！我的老爺，我的皇上，小女絕對不敢再逗你了！放過小女吧！」圓圓開始舉雙手求饒，拜託王欣翰趕快放開她。

突然電話鈴聲響起，王欣翰張開眼才驚覺已經天黑了，翻個身拿起話筒，電話那頭提醒著三餐分配的相關規定和時間，以及再次叮嚀絕對不能隨意離開房間等規定。看著樸實而無華的餐食，王欣翰苦笑搖搖頭，當作是給自己一個久違的臺灣大餐。

拿起遙控器切換著臺灣的節目，電視上出現了不少自己不熟悉的網紅、明星、政客等，想起外國朋友提到的，臺灣節目真的很多元！東西多到要看什麼？節目重點在哪都不知道……

「你們臺灣節目真的很複雜耶！左邊右邊各有一排字，下面還有兩排字，到底要看哪邊？」圓圓一邊坐下，一邊說著。

「臺灣節目就這樣，我們早就習慣了！就一心多用囉！」王欣翰不自覺開始對著空氣說，等了好幾秒，才發現原來是自己的幻覺……

關掉電視，拿起筆電，開啟電腦深處的資料夾。點開，是一張張兩人甜蜜的照片，從網路上的畢恭畢敬，一直到深夜話題，甚至開始到彼此家中的親密照以及難得外出的照片，都在這個資料夾內一一浮上眼前。突然一個念頭，王欣翰打開 IG，申請一個小帳號，決定給自己一個期限，在這 14 天後，踏出這裡的那一刻，是從心開始，回到該回去的位置。

剛好也還在調時差，一個大男孩坐在電腦前，開始敲打著鍵盤和點著滑鼠，開啟他們曾經未完的故事……，用 IG 開始記錄他在國外的生活點點滴滴：「原本只是想找個人陪伴，解一解思鄉情懷，畢竟在這疫情期間，要找到一個說中文的人，也是一件不容易的事情！雖然在這邊有 China Town 可以買點臺灣食材，解個思鄉味。但終究還是少了些什麼，畢竟工作是工作，文化是文化，總有些語言上的距離，無法跟這些人走得較為親近。」王欣翰選了一張自己租的房子外圍的照片，紀念自己曾在那邊待過一年多的回憶。

王欣翰後續又上傳一張圓圓的大頭照，開始寫著：「有朋友建議我可以試試看用個交友軟體，找個東方人聊天也不錯！我隨意點了幾個比較熱門的前幾個 APP，上傳幾張比較稱心意的照片，心底也期待著看看有沒有漂亮妹子願意丟個訊息來聊

聊。想不到真的還有妹子願意傳訊息給我，原本是有一搭沒一搭的聊著，卻意外讓她走進我的人生，成了一段插曲……」

王欣翰打著打著，不知不覺發現外面天色已亮，不敵時差的瞌睡來襲，就這樣趴趴地趴在桌上，沉沉地睡下去。

叮咚！叮咚！

電腦傳來訊息聲，王欣翰點開一看，是圓圓傳來的訊息，寫著：「該不會又睡著了吧？說好周末要陪人家聊徹夜通宵的呢？」

「我還在啊！怎麼？現在深夜時段是準備開始嗎？呵呵！」王欣翰飛快地敲打著鍵盤。

「你這壞東西！腦袋都裝這些而已嗎？（惱羞圖案）」圓圓裝著惱羞回著。

「不！我裝的不只是這些！妳知道我裝的是什麼嗎？」王欣翰故意鋪個梗。

「我怎麼會知道你腦袋瓜內裝的是什麼呀？」圓圓疑問地回著。

「我裝的滿滿都是妳！（愛心圖案）」王欣翰覺得自己勢在必得了！

「……」圓圓頓時不知道該回什麼，只知道臉上熱得很，心裡樂得很。

「那你是不是該答應我了？」王欣翰趁勝追擊。

「答應你什麼？」圓圓故意裝傻地說。

「當然是當我女朋友這件事啊！」王欣翰丟出直球，心底期待揮出全壘打！

「我……，我……，我覺得等見面再說吧！」圓圓賣著關子。

「那就擇日不如撞日，明天剛好是週六，我們都放假，來我家吃飯如何？我親自下廚，讓你吃頓道地的臺灣菜！」王欣翰趕緊飛奔到廚房，確定家裡食材還夠不夠，期待著明天好日子的到來！

叮咚！叮咚！

　　這次不再是電腦傳訊息的聲音，而是**圓圓真的就站在門外**，王欣翰緊張地冒著手汗，顫抖著轉開門把，**準備迎接期待已久的這一刻**！

　　「嗨！」圓圓尷尬地笑著，雖然已經語音和視訊過很多次，但終究這次真真實實地見面，還是頭一次，不免有些生疏和尷尬。

　　「歐！嗨！這個……，那個……。」王欣翰也不知不覺跟著尷尬起來……

　　「不邀請我進去坐嗎？」看著呆站在門口的王欣翰，圓圓不禁心裡會心一笑，覺得眼前這個大男孩，實在害羞地惹人喜愛，之前所擔心的各種小劇場，都頓時煙消雲散。

　　「歐對對對！不好意思，請進、請進！我剩一道菜就可以開飯了！」王欣翰趕緊讓圓圓進來，自己再趕緊到廚房把湯端到餐桌上。

　　兩個人坐在餐桌對面，如同在之前電話內語音和視訊的延伸，一樣聊的自在，一會兒的功夫就熟悉的很！就像久違的朋友般，只是這已經不只是朋友，進而昇華成男女之間的曖昧情愁。

　　吃完飯，圓圓建議打開她帶來的見面禮－紅酒，兩人坐在客廳沙發上一邊聊天、一邊喝著。王欣翰決定再次鼓起勇氣，確認圓圓是否真的有意思？還是純粹自己自作多情？

　　趁著酒意壯膽，王欣翰問起：「所以，現在你覺得會下廚的男人有加分嗎？有資格當你男朋友了嗎？」圓圓笑著、害羞地點點頭，王欣翰放下杯子，開心地兩手抱起圓圓，在客廳轉了好幾圈。圓圓手上的紅酒杯還未放下，不小心灑了些在彼此身上。

　　圓圓緊張地說：「快快放我下來！你看這一弄，該怎麼糟了？」

　　王欣翰樂的都已經覺得身上衣服沾些紅酒都沒差了！不過礙於圓圓身上穿的是白色的衣服，總是得趕緊讓她先去換身衣服比較妥當！趕緊拉著圓圓到房內找身比較小件的衣服讓她先換上，自己則趕緊拿起兩件衣服，拎起洗衣精，把握黃金時間做些處理。

　　圓圓畢竟個子小王欣翰很多，即便再小件的衣服，總是像一身洋裝般，圓圓走出浴室，正巧王欣翰也將衣服處理妥當，

正要說衣服等些時間晾乾，應該就可以了！殊不知被眼前這雙細白的美腿吸引著，眼睛直愣愣地盯著圓圓看。

「你再看下去，眼珠子就都要掉出來了！」圓圓故意走到王欣翰前，一指比著王欣翰的雙眼。

王欣翰順勢抓起圓圓的手，臉紅心跳地說著：「這可是妳先走近我，誘惑我的唷！」

圓圓還不知道這句話什麼意思，突然被王欣翰兩手抱起，直接倒在床上，王欣翰看圓圓還未想起他們曾經聊過的片段，便提醒著：「我們之前曾經聊過，也是妳自己提起的，只要妳走近我，就是代表妳給我的暗號，讓我可以為所欲為了！」

圓圓不知道當時深夜時段的那一番話，留在王欣翰的心中這麼久？但自己也是在多場的小劇場中，有上演過這一幕。期待已久的翻騰越雲，就在圓圓害羞地又主動地親吻王欣翰的額頭後，王欣翰知道這是許可的意思，豪不客氣地開始親吻和大膽地撫摸圓圓身上每一吋肌膚。

兩個人將積在心底深處的本能式渴望，完全傾倒在彼此身上！毫不保留地展現自己的慾望，將深埋在腦海裡各種想像，

恨不得直接套在對方身上！迅速脫下衣服，讓王欣翰直進深淵處，就像是通電瞬間帶來的酥麻感，爬滿兩人的身上每一個細胞。一次又一次，僅僅抓牢彼此的身體，完全捨不得停下來，深怕浪費了分毫之差，這一刻只想一直霸占著對方！

再次進入的那一刻，突然電話鈴聲響起，「鈴鈴鈴──鈴鈴鈴！」急驟的電話聲一直催促著王欣翰。這一驚醒，才讓王欣翰發現，原來這一切只是一場夢，卻夢的好真實……進來的這幾天，他一直思考著一個問題：不知道自己做的這個決定到底是對還是不對？圓圓這道插曲是否是人生的轉捩點，一個是熱情如火的圓圓，另一個是清淡如水的學妹。若真的放棄交往已久的學妹，捨棄過去的穩定感，接下來的人生又會變得如何呢？

剎那間，突然覺得自己可以了解徐志摩抉擇的那一刻，陸小曼和張幼儀各有各的美，卻是踏上不同的人生旅程。而徐志摩最終選的是熱情的人生，卻也換來慘烈的消逝……王欣翰搖搖頭，突然覺得自己是否太早感嘆，也想得太多了些。趕緊扒幾口飯，準備繼續將未完的遠端工作完成。

待在這狹小的房間，突然覺得一天 24 小時變得好漫長，沒有可以聊天傾訴的對象，做什麼事情都有氣無力的……即便

工作量多，但仍然可以在時間內順利完成，甚至更早完成！突然多出許多時間，只好望向窗外，數著幾隻鳥飛過，幾朵雲飄過，也開始無聊算起，這又是第幾次有其他國家入境的臺灣人進駐。而在這棟建築物內，也不知道是否已經有人確診？只有新聞不停放送著要國人須做好防疫工作。

就這樣昏沉了好一陣子，有時夢與現實也分不清，只知道身邊早已沒有圓圓，雖然失落感一直沒有消失，但是王欣翰一直說服自己，這是一定要做的決定，不然也只是拖更久，彼此更受傷而已……

再次點開 IG，不知道是離上一篇幾天之後了，看著一張張與圓圓的合照，再點開兩人早已封鎖的對話窗，瀏覽著一段段當初濃情蜜意的對話，點開某次電愛的照片。想起那天圓圓害羞的表情，不禁重新下載到電腦上，再上傳到 IG 上，雙手開始不自覺地自動敲打著鍵盤，敘述起當天的過程……

「我們好久沒見面了耶……，都只能靠文字和講電話，好像有點空虛耶……」圓圓有點抱怨地說著。

王欣翰心底明白圓圓是在對他做些暗示，但是他故意裝傻說著：「還好啊，我覺得用文字和語音有些神祕感，也更有想像空間啊！我就會開始想著…妳現在正在做什麼？」

「好啊！那你猜我現在在做什麼？」圓圓故意調皮問起。

「我猜，妳現在應該……在想我！」王欣翰也來個回擊。

「吼！哪有人這樣的啦！不管不管，重來重來！」圓圓不甘示弱再次回擊。

「還有這樣的啊！那我再猜，我猜妳現在應該是……在……摸那裡！」王欣翰這次來個直球出擊。

「你……，你……，吼，人家不管啦！你太壞了！人家不理你了啦！」圓圓作勢要關掉語音。

「我喜歡妳！」就在圓圓要關掉語音之前，王欣翰突然說出這一句話。

圓圓心底知道，王欣翰要說出這句話，是相當不容易的一件事，畢竟之前他們曾經聊到彼此過去的感情史，王欣翰曾經被傷得很重、很重，當他說出這句話的時候，代表他的心裡已經開始有了她的位置。

「……你……你再說一次！」停頓幾秒後，圓圓還是想要再聽一次王欣翰認真對自己說出那一句。

「我們開視訊吧！」王欣翰切換手機模式，兩個人面對著鏡頭，雖然隔著一條街，也隔著螢幕，但當王欣翰再度說出喜歡圓圓的時候，兩個人就像坐在彼此面前，深深望著彼此。圓圓落下一滴滴滾燙的淚水，她為自己開心，也為王欣翰開心，因為他終於走出來了！終於將心中那座高牆砌下，不再成為兩人關係中的一道阻礙。

　　一道陽光灑在王欣翰的臉上，突然有點刺眼，王欣翰揉著眼睛，發現自己竟然就睡在桌上，電腦螢幕上還停留在 IG 頁面。不知道昨晚什麼時候上傳了一張圓圓的大頭照，深邃的眼眸，圓滾滾的大眼，王欣翰不知不覺又看得出神。腦海突然又出現一道聲音，提醒著王欣翰要盡快忘記圓圓這段不該有的戀情，不然就太對不起一直在臺灣等著他的未婚妻。王欣翰繼續在 IG 上打著字，似乎可以透過這樣一字字的紀錄，就可以將對她的思念一次次放下，就像寄放在某個地方，可能在未來某個時刻可以拿來細細地回味和品嘗。

　　突然隔壁房間傳來奇怪的女叫聲，有點像是呻吟，有點像是喘息，這讓王欣翰突然有些好奇，想知道聲音到底是從哪邊傳出來？心裡想著：「不對啊？這邊正常來說都是一人一間，應該不會有其他男女共處一室的狀況，但這聲音聽起來也太像

在做壞事了嗎？」想起懷念的圓圓呻吟聲，是王欣翰聽過最誘人、最血脈噴張的聲音，該說是天籟嗎？似乎這樣的形容，應該是適合在叫床界吧？回想起那段翻騰覆雲，下面還是不自覺硬挺了起來，好像那聲音還迴盪在耳邊，是那樣的酥麻，是那樣的讓人無法自拔。

王欣翰開始在對話框內找到過去圓圓曾自己錄下的嬌喘聲，希望可以找到除了照片和文字以外的蛛絲馬跡，想抓住些可能被遺漏在某些角落的思念。翻了好幾層的對話，點開了好多資料夾，終於找到某次視訊電愛的過程中，留下的唯一一小段「插曲」。

「我們最近好像少了些什麼耶？」王欣翰在某次深夜語音的時候，突然對圓圓說出這句話。

「我也覺得好像少了什麼？也不是跟你感情不好，也不是說不喜歡你，但總覺得我們現在除了因為英國政府政策關係，讓我們無法每天見到彼此，也沒辦法常常出去玩、出去約會，就會有點空虛感出現，總覺得我們還比較像網友……」圓圓也有點覺得這段感情怎麼好像有點落寞感出現。

「如果可以每天見面的話，我怕妳會每天太想見到我，一直跑來我這裡，然後就……」王欣翰還是不改愛捉弄圓圓的相處模式。

「吼，你又要亂說話的對不對？然後就怎樣？你說說啊——」圓圓這次學聰明，故意將球反丟回去，看看王欣翰要怎麼接？

「就……，就妳最喜歡的那些事情，妳也知道的，我們也都做過啊！」王欣翰也不是省油的燈，馬上再回擊一招。

「喔——我們做過的事情，我知道，你要煮飯給我吃對不對？好啊——可以啊！明天晚餐嗎？那我要來點菜一下，看看王主廚有什麼拿手料理？」圓圓繼續故意裝傻，看看王欣翰還有什麼招？

「那就來『炒飯』吧？我知道這是妳的最愛！」王欣翰知道圓圓早就是囊中之物，怎麼可能放過她呢？

「你……我……，好啊！王大主廚真的是高人一等，那你說說要炒什麼配料啊？」圓圓本來還始料未及，但是後面腦筋一轉，還是想到一個解套方法。

「妳開開視訊就知道，我已經準備好了！」王欣翰決定來個最後一擊。

「哈哈——到底葫蘆裡賣什麼藥啊？等我一下唷！」圓圓知道今晚可能有機會來個激情之夜，趕緊換上之前想給王欣翰的「驚喜」。

圓圓的鈴聲響起，王欣翰一打開視訊，才發現原來圓圓早就準備好了！

「妳這小狐狸，怎麼反而我被妳將了一軍？這真的太誘人了！讓我寂寞難耐啊！」王欣翰這真的接招接的措手不及。

「人家早就買好很久了！只是一直都沒有機會見面穿給你看啊——剛好今天你都提起了，我當然就把握機會囉！」圓圓鬼靈精地轉著她的大眼。

「那客官都準備好了，主廚當然就要上菜啦！來，按照我的指示，讓我好好品嘗看看今天的菜色如何？」王欣翰開始引導圓圓做出誘人的各種姿勢。

從胸到臀部，整個衣服的縫線就像是為圓圓量身打造般，讓圓圓的好身材嶄露無遺，小小的鏡頭根本無法容納這魔鬼般

的身材！漸漸褪去身上的衣服，撫摸著身上每一吋肌膚，不知不覺也開了雙腿，開始揉著敏感帶、揉著胸部。每撫摸一個敏感帶，就發出細緻而嬌柔的聲音，聽得讓人酥麻又沉醉。

看著螢幕上圓圓搔弄著身軀，王欣翰恨不得直奔到圓圓家，換成自己的雙手，揉著圓圓那雙傲人白嫩的胸部，軟軟的、QQ的，但又帶點彈性，不至於太鬆垮，真的年輕就是本錢，不用太大，這個一手掌握的剛剛好！王欣翰順勢右手開始往下放在自己的重要部位，搭配著圓圓嬌滴滴的呻吟，右手開始快速抽動著，想像著自己進入到圓圓濕潤的體內，不斷地進進出出，就像當初的第一次，緊緊地依靠著、深擁著彼此。兩人雖隔著一道螢幕，但都想像著自己就在對方眼前，糾纏著、纏綿著，然後再一起達到彼此的高潮地帶……

當王欣翰射出之後，濃稠的熱感突然出現在自己的手上，這才意識到自己現在是在臺灣的隔離房內，趕緊站起身，一不小心滴到了書桌下的地毯上，趕緊抽幾張桌上的衛生紙，先擦擦身上的痕跡，再趕緊擦拭地毯上的遺留物，就像在國高中時期做錯事的大男孩，要趕緊毀屍滅跡。簡單清理過後，王欣翰躺在空無一人的大床上，覺得自己這樣過後，好像變得更加空

虛⋯⋯如果就這樣一個人一直關下去，關到第十四天，會不會有人因此而精神崩潰？

　　正當王欣翰開始胡思亂想的同時，手機突然傳來 LINE 的提醒聲，才想著自己一個人很空虛，想不到就有人心有靈犀般地傳來訊息，讓他知道至少這世界上，還有人願意陪他。王欣翰打開手機鎖定畫面，點開 LINE，原來是久違的允貞，雖然只是在國外斷斷續續聯絡著，但還是有時間會關心一下彼此近況。

　　「所以現在跟大陸妹是真的分手了？你們都沒有繼續聯絡了嗎？」允貞不敢置信地問著。

　　「是，我們在她回國之前，就協議分手了⋯⋯我就盡量不再去理會她的訊息和動態⋯⋯」王欣翰語重心長地回著。

　　「大陸妹沒有說什麼？沒來個一哭二鬧三上吊？我還想說她可能真的抓住你的心了，這次感覺你也放很多感情下去，可能有機會走到最後的說。」允貞無奈地說。

　　「就只是在國外需有人陪，我們剛好各取所需罷了。」王欣翰不敢多說太多，深怕自己再說下去，可能就會一股腦兒將思念傾訴而出。

「好吧！你自己有想清楚就好，當初那個賭注還算數，這次算我輸了，看你出關時候要吃什麼，再跟我說，我還想說終於有人可以治的了你，結果還是這樣的結局……」允貞知道王欣翰不願再多說些什麼，自己也就此打住。

「沒關係，當初那賭注也只是說說，就像我們當初說的，再怎麼樣，反正離開英國還是會分手的，這是我一開始就訂好的目標。」王欣翰感嘆地說。

「不不不，雖然我是女生，但還是一言既出，駟馬難追，順便看看你到底在國外到底身體練多厲害？哈哈哈──」允貞想要讓氣氛變好些。

「我怕你看到我，又像之前一樣迷上我，我都還心有餘悸……」王欣翰故意調侃地說。

「最好是，傳幾張照片過來讓我看看，到底練得多壯啦！而且你是什麼意思啊你！是哪個人還會傻第二次啦？你就不要都到處留情！到最後換成自己暈船！我就不相信大陸妹沒讓你暈哩！」允貞敲碗地說。

「呵呵，如果不會第二次暈船就好，到時候約吃飯那天再讓妳好好看看，絕對包君滿意！」王欣翰刻意避開有關圓圓的

對話內容,一邊看著自己的二頭和三頭肌,想著自己好像有幾天沒練了,在約吃飯之前,趕緊趁機再健身把握一下!

兩人熱絡聊著,就像回到之前,都還沒「發生」任何事情之前……。要說兩人的關係,也是維繫地相當奇妙,從「非正常」朋友到「正常」朋友的關係轉變,只能說,就是經過所謂的「歷練」吧?在分開後,隔著時差不斷地對話,中文也好、英文也好,將誤會解開,說清楚彼此的想法,讓彼此重新檢視彼此。說開後,成了可以偶爾吐個槽、講個幹話,或是給對方感情上的想法的好友。即便很久沒見面,還是可以聊很多、聊很久,話題一樣沒有極限!

即便多不情願,終究還是得面對,寫著、寫著,也到了最後一篇,王欣翰停留在最後一張照片,打不出任何一個字,好像再打下去,所有的思念就只能停留在這一刻,往後可能沒什麼機會可以再次想起圓圓了……就這樣躊躇著,不敢繼續在往下一個字打下去……

王欣翰試圖用健身、看書、看影集等方式來轉換自己的思念,並繼續寫著 IG 的故事,試圖找回當初立下目標的那個自己。日日夜夜都一直告訴著自己,不要再繼續跟這些思愁糾纏

下去，畢竟自己不是一個習慣活在回憶裡的人，再不走出來，怎麼收拾好自己的心，去面對在臺灣等待他已久的未婚妻呢？

一天天的過去，一夜夜的輾轉難眠，又好幾天回到與世隔絕的感覺。沒有任何訊息再傳送到自己的手機，也沒有人會跟他對話，可能唯一會聽得到人聲的，只有這個防疫中心的管理員，提醒著所有防疫人員按照時間量體溫、觀察自己的症狀，提醒著大家遵照所有防疫指示，還有偶爾隔壁房會傳來女聲的嬌嗔聲，當作慰勞孤寂的心靈。

電話鈴聲又再次響起，王欣翰起身接起電話，話筒傳來恭喜他可以順利明天解除隔離，請他再配合最後一次檢查等諸多離開手續事宜的交代。王欣翰只是呆在原地聽著，而心裡想著，這一天終究還是來了，我該好好跟她告別了……

就這樣又坐回到電腦桌前，沉重的雙手打開了電腦，輸入了密碼，點開 IG 的頁面，將最後一篇，不再是長篇的幾千字記錄，而是用最後深刻的幾行文字，為他和圓圓的感情，畫下完整的休止符……接著下一步就是將這個 IG 帳號關閉，深鎖在網路上某個角落，期許自己，也提醒自己，短期間甚至是永遠都不准再打開這個 IG 帳號，他該把握的，是在家中等待他

的那個女人…，畢竟他也知道，他虧欠她的是一輩子的承諾，現在他回到臺灣，就是要來兌換這個當初出國前對她的許諾。

「謝謝！辛苦了！」王欣翰提起行李，跟防疫管理員道別，大步邁出大門，希望自己不要再回到這個像監獄般的禁地。深深吸一口氣，心裡想著：「終於踏出這個防疫隔離區，吸到真正屬於臺灣的味道了……」

王欣翰點開手機，滑著手機內的通訊錄，突然滑到圓圓的電話號碼，王欣翰決定不再多留戀了，將其號碼一鍵刪除，順勢跳到標註星號的通訊錄，撥號打出熟悉的號碼，等著熟悉的聲音。當話筒另一邊傳來輕柔的女聲，王欣翰輕聲地說：「喂，是我，對，隔離結束了，我等一下準備搭專車到臺北車站，大概傍晚會回到家，要一起吃個飯嗎？好，那我們晚點見！」

王欣翰從口袋拿出一個戒指盒，打開看著裡面放著閃爍著幸福的光，王欣翰微微一笑，將其關上，大步往前邁進，把過去的所有回憶和思念都拋下，將其獨留在防疫旅館不帶走。

七年後盛夏

文：安塔

千萬別重複以前的生活，然後要更勇敢，也許生活中已經可以由自己掌握選擇了，希望別再讓大人來干涉我的生活，我想要自由自在的，從搬出家裡到新的城市，真是一件令人感到快樂的事，可是會不會爸媽也會有點想我呢……？然後最重要的一件事，在大學裡祈禱能夠找到一個喜歡自己的人。

期待已久的生活終於來了，在學校的第一個晚上，即將開始大學生活，與其他四個室友聊著一些大家以前是讀哪裡的高中，原本住在哪個城市是哪裡人之類的話題，後來才知道原來有三位是跟自己不同系的，稍微聊過之後，我在心裡一邊猜測每個人可能的個性，然而第一個晚上大家並沒有聊得太多。

當我迫不及待的踩著書桌旁的階梯，想要感受一下新買的床墊、枕頭與棉被，此時大家也開始做著自己的事情，所以房間裡突然變得很安靜，很明顯的不再聽見爸媽的聲音，好像才能確定自己是否真的離開了家裡，躺在學校的木板床，感受到自己確實已經離家裡好幾公里遠的距離，雖然在家裡躺著的也是木板床，但這裡的木板床，少了一種親切感，我在心裡很肯定的這麼想著。

「要在這間學校四年阿，四年的時間感覺滿長的呢……」躺在床上想到要在一個陌生的環境開始，一下子跟不認識的其

他四個人住在同一個空間裡，感覺有點令人不自在，似乎沒了隱私權。

內心擔心的是會不會有室友很愛打線上**遊戲**，如果有的話，我的睡覺時間肯定要被影響了，這是我最擔心的事。因為從小在鄉村裡生活，幾乎一定會在十二點以前上床睡覺，所以有可能發生一些不喜歡的事，會有點不喜歡，有點令人緊張，卻又覺得還沒有發生的一切也會有點令人興奮。

女生宿舍的房間是五人房，分別為五張書桌六張床，書桌的上方就是床，在書桌的旁邊可以沿著樓梯到床上，有點像是上下鋪的木板床，只是下舖變成了書桌，書桌的桌面還算大，旁邊也有櫃子以及沿著桌面伸展而上的書櫃，衣櫃的話就在書櫃旁邊，房間的位置看起來雖然不大，卻能夠足足塞滿六張書櫃及床鋪，設施設備還算是齊全，但這樣的房間對我來說，卻感到有一點點不自在。

回想起在高中時都會聽到老師講到大學的生活，好像很自由，可以自己決定想要做什麼不要做什麼，尤其高中的英文老師常會講到，翹課這一件事，從英文老師嘴裡講起「翹課喔！反正翹了老師也不知道你是誰。」

　　讓我對大學生活的看法，好像大學老師只要有到教室上課，然後把課上完了就離開了，不用特別去管學生上課的狀況，也不用知道學生在課堂上的反應是如何，這樣的上課模式，真的會有人想要聽課嗎？在大學宿舍裡想起當時英文老師說的話，便又開始在思考著沒有答案的問題。

　　一踏進教室，時間差不多是早上八點五分，眼看教室內滿滿的，根本就沒有人翹課？內心有點感到不解，難道是時代不一樣了嗎？也許是因為高中老師學生時代跟我們有點距離了，不禁在心裡偷笑著。

　　開始第一堂課正是班導師的課，一開口就說「大學了！怎麼樣！時間過得很快吧！」一臉笑嘻嘻的盯著坐在底下的我們左看右看的，感覺得到班上同學還算滿淡定。

　　所以班導師又以搞笑又自覺幽默地說「嗯——嗯——你們現在還算乖乖的，哎！但過了幾個禮拜後又會變得不一樣呢。每次我最懷念你們這時候了。」

　　班導師身上穿著的是還算整齊的西裝褲與襯衫，因為距離關係似乎看不太到皺摺，只是當他一轉身會看到讓每個男生長大後都會害怕的事，頭型中間有著明顯的少量頭髮，令人很感慨。

　　卻也讓我聽見有個小小的聲音，正從後面傳來「這髮量看得出教授的用功喔」有一位男同學盡量刻意壓低音量的聲音，這聲音一結束，又有一位男同學憋不住的笑聲。

　　我有時注意老師在台上說課，有時又想到現在眼前發生的一切，跟自己原本想像的有哪些一樣，或是哪裡不一樣，而當我聽到那時的男同學的嬉笑聲，卻又覺得大學裡的人好像又跟大學以前的人沒什麼差別，好像不管是在國小國中或是大學，站在台上的人，難免會被放大鏡給看著，那坐在底下的人呢，總有些人似乎習慣的把這些事當成是一種娛樂。

　　結束一整天的課程後，突然想要在學校繞繞走走，也是因為好奇學校到底有多大，正好沿路走到有人進進出出的地方，看著有些人從那個方向走進去，然後又從那個方向走出來，那個畫面如果是從天空往下看，應該會很像螞蟻那樣吧。

　　看起來那個地方應該不是教室，不然人流不會這樣散散的，因為如果是教室的話，上下課時間人流都算很整齊，然後很規律的感覺，那會是什麼地方呢，我一邊在心裡好奇的猜想，另一邊也沒讓雙腳停下，緩步的行走到門口，才看見斗大的三個字「圖書館」。

「原來是圖書館阿！難怪是這樣的人流。」頓時解開心中的疑問，覺得舒暢滿多。

反正還有時間，不然就在圖書館裡晃晃也好，而且對我來說，這裡的圖書館有一二樓，還有地下一二樓，是算很大的，書也算很多的，令人更好奇裡面究竟會有什麼樣的書，走完一樓後便覺得滿有趣的，又想往地下一樓看看，本來想說走樓梯就好，卻剛好走到了電梯旁邊了，正巧電梯門又有人剛出來，直覺性的就往裡面走了。

電梯到了地下一樓開門的瞬間，我看見眼前發生的事，讓我嚇到難以往前行走，心裡很清楚的聲音傳來「是他，就是他沒錯。」

那是讀高中時發生的事了，當時我從沒有跟他有過任何的談話，那雙眼睛讓我知道那是他沒錯，他看我的眼神還是一樣的，而每次我們對到眼時，我的內心總是那麼的奇怪，那麼的緊張。原來他跟我讀同一間大學嗎？

那天下課後是我去到圖書館搭電梯時，與他擦肩而過，他正準備進入電梯內，而我剛好要離開電梯，這麼近的距離還是第一次，沒有變的是我內心的緊張感，更神奇的是，這次的緊

張感好像是有一顆巨石從外面撞到了內心深處……，比之前每一次的感覺都還要更強烈。

　　還有見到他的機會嗎？從圖書館後離開後一直到走回宿舍，不知道為什麼在我內心一直聽見這個聲音，我很想把這個聲音拋掉，卻拋不掉。

「今天打算去哪吃？」東辰開口問著她。

「還沒想到耶！你呢？」恬滇說。

從學校的斜坡往下走到等紅綠燈時，穿著一個休閒裝的男生，眼神裡帶有一種難以令人捉摸的神情，與站在一旁的女生談話著，看起來兩個人就像一對剛在一起不到一年的情侶。

「你想吃這間喔？」站在店門口的恬滇覺得這間店家看起來好像滿好吃的樣子。

「還沒吃過吧！來試一試！」東辰喜歡騎著擋車帶女朋友到處走走。看著恬滇開心的眼神，他內心也暗自感到歡喜。

這是一間賣義大利麵的歷史老店，東辰知道恬滇喜歡有擺盤的食物，於是早在跟她一起吃飯前就上網做了功課。店裡的悠閒氣氛，與橘黃色的燈光，柔和的音樂，都能讓人瞬間感到放鬆。

東辰其實從小也很少吃過義大利麵，不僅是自己對於義大利麵其實沒有特別愛好以外，家鄉的義大利麵也不算多間，他原本的家鄉也不能算是鄉下，只是百貨公司大概也就只有一間，與現在大學的城市相比起來，有五六間以上的百貨公司來說，似乎讓東辰也覺得跟自己家鄉差異挺大的。

坐在眼前的恬禎，是一個土生土長的都市人，白嫩的臉蛋與微微的淡妝，穿著帶點可愛又迷人的裙子，一站起身明顯的細白小腿，看起來精神奕奕的眼神與笑容，東辰第一眼看見她時的感覺，就跟班上的男生一樣，是個會讓人莫名覺得與她在一起時一定很幸福的感覺，只是當班上男生在談論恬禎時，東辰總是不發一語。

「看起來好好吃喔！」剛上菜，恬禎馬上就被眼前的食物所吸引，坐在對面的東辰對著她笑了一下。

「疑？你怎麼知道這間店？其實這間店我已經吃過了，從小我爸媽就滿常帶著我跟我姊來吃的。但是我跟你說喔，吃了這麼多次，我覺得這一次是我吃得最開心的一次。」恬禎先顧著把嘴巴裡的東西吃完後，便緩緩地說。

「嗯？」一直看著她的東辰，似乎覺得猜不到她想要說什麼。

「哇！你的好像也很好吃。」東辰點的餐也到了，恬禎盯著他的食物看著。

「你想吃嗎？我們可以一人一半。」

「當然想！」

　　兩人各吃一半後，就互相交換食物，看著她一臉開心地吃著，東辰覺得當下的感覺真好，就像大家討論的，和她交往一定會感到很幸福，但是與恬禛在一起的這段時間，又好像覺得很多時候，都沒辦法知道她在想什麼，或者是說她會有哪一些反應，時常會讓東辰感到有點疑惑，每次對她出現疑惑時，東辰也會自然地告訴自己，可能是在一起相處的時間還不夠久吧。

　　而這一次更奇怪的是，當看著恬禛吃飯時，卻讓東辰忽然想到那個女生，剛上大學時在學校圖書館要搭電梯時遇到的她，東辰覺得她的出現，是一件很恐怖的事情。

　　一年級下學期後，我也已經習慣了吃完晚餐後到圖書館看書，雖然剛上大學那時候，我明明很確定看見了他，可是後來卻沒有再見過幾次了，而之後我時常在祈禱能在某個晚上，希望能夠再看見他，但隔了好幾個月，也漸漸不去想這件事了。

　　「明明已經好幾個禮拜沒祈禱了。」某天晚上照常吃完晚餐後一樣到圖書館，但剛到圖書館沒多久，就在某個位置上看見一個很像他的人，雖然那時只看見了側臉而已，卻似乎能夠很確定那是他沒錯，我鼓起不知道哪來的勇氣，大膽的繼續往前走，突然在大約三步路的間隔，他也突然起身，而一起身就馬上看見我在看著他。

　　我們兩人似乎在圖書館裡停滯了兩秒鐘，我為了不讓氣氛繼續尷尬下去先對他微笑，然後他也笑了一下。

　　「嗨！」是我先主動往前跟他小聲的打招呼，因為在圖書館講話不能太大聲，所以我似乎比平常跟班上男生講話時，更靠近他一些。

　　「嗨！我可以先去上個廁所？我有點急。」他有禮貌的回應，但口氣聽起來似乎有點急促。

　　他微笑回應後，便馬上往廁所走去，但當他走到廁所時，並沒有馬上上廁所，而是跑到洗手台洗臉，然後看著鏡子裡的自己，直盯著自己看。原來他本來是想要起身去找書的，一下子看到眼前的苡姿，讓東辰不知所措，也讓他有點緊張，而圖書館安靜的氛圍，他也擔心似乎會讓氣氛顯得更緊張一點。

　　「……那個妳現在有空嗎？或許我們去外面比較方便講話。」東辰在廁所整理好自己以後，便走回剛剛跟苡姿打招呼的位置。

　　「好呀！」在我心裡，當然沒有什麼問題，因為終於遇到以前常常在祈禱的那個人了。

　　兩人走出圖書館後，東辰在心裡吸了一大口氣，覺得在圖書館那樣的室內空間，如果不是看書的話，要讓人表現得自在講話，真是一件困難的事。

　　「在圖書館真的不太方便說話。」當東辰與苡姿走出圖書館門口後，馬上開口跟她說，手也突然搔了搔頭，看著苡姿有點靦腆的笑了。

　　「剛剛那樣也真的滿突然的，有把你嚇了一跳？」苡姿在心裡猜測不知道他在想什麼。

「不會阿！」東辰稍微露出牙齒又笑了笑。

「喔，那就好。」苡姿看著東辰，覺得自己是否在做夢。

「要去學校下面的廣場那邊嗎？如果我們還不離開這裡，可能等等就被投訴了。」東辰一面說一面往圖書館裡面看了一下。

到了學校露天廣場的階梯後，東辰覺得這個地方舒服多了，雙手的手肘順勢地放在上面一層的階梯。苡姿也覺得這個地方還不錯，所以更大膽的講起話來。

「喂！上學期在電梯遇到，記得嗎？」苡姿說。

「喔，我知道阿！」東辰說。

「我就知道那真的是你欸。」苡姿說。

「可是為什麼你後來跑去哪了？」苡姿又說，卻講得有些彆扭。

「喂！你叫什麼名字？」東辰說。

「喂！你幹嘛學我說話？而且你還沒回答我問題。」苡姿沒好氣的說。

「我叫紀東辰。」東辰沒理會苡姿。

「嗯……安苡姿。」苡姿有點無奈的說，然後忽然覺得眼前這個人的個性竟是這樣的，是一個完全不禮貌的傢伙，苡姿本來還有很多想問的問題，卻被東辰這樣的回應，覺得自己如果再問一些問題的話，好像顯得自己有些愚蠢。

之後的每個晚上吃完晚餐後，苡姿一樣會到圖書館，現在在圖書館裡可以看見熟悉的身影，雖然有時候東辰會沒有去圖書館，但只要有看見東辰，苡姿通常會主動的去跟東辰聊天，或者是突然的出現嚇嚇東辰。

在艾姿心裡，她本來不認識東辰的時候，覺得東辰應該是一個話不多的人，適中的男生身材，眼神裡好像有很多故事，平常習慣穿著休閒的衣服，幾乎每天都是穿黑色帆布鞋，這點跟她很像，尤其艾姿也很喜歡帆布鞋，東辰的頭髮還滿短的，不像一般大學裡的男生喜歡留長瀏海把額頭蓋住，露出額頭的短髮，加上一對有神的內雙眼睛，然後有點濃密的眉毛，讓他看上去不笑時有點憂鬱。

東辰雖然長相帥氣，卻不像恬禎是個萬人迷，也許是因為東辰平時不常笑的原因吧，還有一些謠傳他脾氣不好，不好相處的故事。這些謠傳在東辰心裡根本不在乎，因為有些時候他似乎會故意做出一些讓女生反感的事，就比如還沒跟恬禎在一起的時候，剛開學時有些女生跟他打招呼，他竟然一點也不理會。

其實在東辰的心理是覺得，他沒有興趣的人事物，他是不會放在心上的，而當時他唯一主動的對象，就只有恬禎，他與恬禎就像是一見鍾情。

艾姿這天因快期中考了，覺得要提前去圖書館占位置讀書，所以提前走去學餐打算先吃晚餐，沿著學餐的方向走過去，學餐在地下一樓，在快到學餐的一樓平面時，看到對面的東辰，

而因為隔了一段距離，還有學校磁磚的關係，大約只看得見東辰的臉。

在往前走近一點，才能互相碰面，心想乾脆找東辰一起吃晚餐好了，好像從沒跟他一起吃過晚餐，持續往前在一個轉彎處，我看見東辰並不是一個人，在他身邊還有一位非常可愛的女生，他們看起來有說有笑的，正當他們快要碰面時，我瞬間跑到牆壁另一邊躲了起來，看著他們的背影時，發現東辰與她手牽著手。

「在這裡幹嘛？」跟苡姿同班的一位室友，不知道什麼時候靠過來的，模仿著苡姿的動作。

「阿！沒……沒阿！」苡姿腦袋有點空。

「你該不會快期中考，書讀到腦袋燒壞了吧。」室友說。

「……」苡姿無言以對。

「吃晚餐了嗎？要不要一起吃？」室友說。

「不用了，我吃過了，先走了喔，改天吃，掰。」其實苡姿還沒有吃過晚餐。

　　室友覺得苡姿可能是快期中考壓力太大，於是自言自語的說，「哎！期中考這件事有什麼大不了的，我還是過著一樣的生活呀！多美好呢。」

　　這位室友就是苡姿曾經擔心的那位室友，正是每天一定要打線上遊戲的人，會帶著耳機不時的對著螢幕講話，這也是為什麼苡姿會時常去圖書館的原因之一。

　　自從那次在露天廣場與苡姿聊過天後，東辰心裡很清楚，不能跟苡姿的距離拉得太近，可是又沒辦法說，很明顯的把苡姿隔在外面，如果突然間選擇跟苡姿斷了聯繫，這肯定會讓苡姿很困擾吧，但是刻意的保持距離又能如何呢？東辰晚上在宿舍把鎖在書桌第一格的筆記本拿出來，翻開看一下以前高中寫的內容，裡面寫的全部都是對苡姿的感覺，又翻到空白處，寫下：

　　　在我心中深處的矛盾，
　　　是否該讓妳明白，
　　　妳像夏季裡的荷花，
　　　在我眼前，
　　　綻放著耀眼的光彩，
　　　不停的閃爍著，

思念總在分手後

有時出現有時不見，

多想為妳摘下，

永遠為妳守護。

「今天有想到哪裡吃飯嗎？我先走過去你機車那邊喔！」恬湞一如既往在學校門口準備過馬路，手上拿著手機與東辰通電話。

「好，我很快就到。」東辰躺在宿舍的床上。

這一次已經從一個月前開始，東辰就常常讓恬湞先在機車停車場等他，在這之前他們通常會一起過馬路，會先約好在學校的老地方等對方。

「欸？妳在這裡幹嘛？」恬湞與東辰班上的一位喜歡講八卦的男同學對著恬湞說，剛好他的機車停在離東辰的機車不遠處。

「你要回家了喔？」恬湞不想讓其他人知道她在等東辰。

「不然勒？這學期都快結束了欸，回家用功唸書啊，我可是乖學生。不像有人放假還能去約會喔。掰掰。」與東辰在一起的時間也快一年了，所以班上的人包括老師，都知道恬湞與東辰在交往。

「拜託，你哪裡又看到什麼了。」恬湞藐視了他一眼，覺得很像被猜到什麼，可是卻不想知道事情。

「是呀，我不用看，我是亂講的。話說回來，妳自己待在這裡，該不會……」看了一下恬滇不爽的表情後，這位男同學就得意地騎著車離開了。

「有想到要去哪吃嗎？」這時東辰也到了。

「我沒有想過阿，所以我剛剛才會問你的。」恬滇心中清晰的記得剛剛聽到那些格外刺耳的話，有點影響到她的心情。

「嗯……」東辰覺得氣氛有點怪。

「我今天想要先回家了。」恬滇突然這麼說。

「怎麼了嗎？」

「沒有，我只是想說快二年級了，這次是一年級最後一次的期末考，想說早點回家唸書好了。」

「嗯。」東辰並沒有想到該說些什麼才好。

「那你可以載我回家嗎？或是我自己搭公車回家也可以。」

「……」東辰突然不知道自己該說什麼才好。

「你在想什麼？」恬滇這麼說。

「你想先回家，為什麼不早點說。」東辰終於開口了。

「……我……不知道，沒想過。」恬湞不知道怎麼跟東辰說，說她覺得我們的關係好像變了，變得她感覺到他一天一天離她越來越遠，但她並不想要這麼赤裸裸地看見真相，甚至是聽見東辰的真心話。

「真的沒有想過嗎？」東辰一時之間覺得有點莫名其妙，明明說好一起去吃晚餐的，心中雖然覺得沒有被尊重，卻也對於讓恬湞在停車場等自己有點過意不去，有點瞧不起自己，卻又無法對恬湞開口道歉。

「你幹嘛逼問我？我就是突然間想要回家了。那你呢？為什麼最近都讓我在這裡等你？」恬湞並沒有打算會在這時候跟東辰說到這個，心裡突然覺得很委屈，覺得東辰為什麼會這樣說，難道東辰不覺得自己有什麼錯嗎？每次都讓自己在等他。

「你現在提這個幹嘛？這不是同一個話題。」東辰自己也不清楚為什麼最近都會讓恬湞等他，只知道苂姿的存在對他來說一直都是非常重要的，他並不想傷害恬湞，事實卻是他沒有辦法掩飾自己。

「沒關係，你不想載我，我可以自己搭公車。」說完後恬湞一下子就離開了現場，只剩下東辰還呆站在原地。

　　接近期末考前夕，圖書館的空位也變得越來越少，這次苡姿到圖書館還是隨手帶了一本自己喜歡的小說，打算先看一點小說再來讀書，正當準備開始看時，桌上突然有摺過的紙條跳到桌上，當苡姿抬頭時，看見東辰正坐在正對面，他對苡姿示意要她打開紙條看的意思，苡姿雖然搞不太懂什麼意思，還是順勢打開了紙條，看到上面寫著「待會到露天廣場，如何？」

　　苡姿抬頭看了一下東辰，發現東辰正在直視她，似乎一直沒有離開過她的視線，苡姿對東辰點頭之後，就馬上把頭低下繼續看自己的小說，而東辰也終於拿起書。

　　於是兩人各做各的事，但在每隔一段時間相隔之下，差不多是隔了十幾分鐘，東辰就會抬起頭來，看著對面的苡姿。到了晚上接近九點左右的時間，苡姿開始收拾桌面上的東西，而東辰也開始收拾，兩人幾乎是同時間起身，然後東辰跟在後面一前一後的走出圖書館。

　　走出圖書館門口，苡姿並沒有停下腳步，所以東辰一樣持續的走在後面，大概與恬湞有三步距離之差。

　　到了露天廣場，苡姿一下子就坐下了，看起滿從容的，而跟在後面的東辰也坐在與苡姿約隔一人座位的距離坐下來。

「幹嘛突然丟紙條，你想嚇誰？」苡姿雙手托著下巴，視線一樣持續看著前方。

「喔。妳有那麼容易被嚇到？」東辰看著苡姿說。

「……」苡姿轉頭瞪了一下東辰。

「我可是在幫你放鬆心情。」東辰表情有點囂張地說。

「喔。我怎麼感覺不出來。」苡姿習慣性的故意學東辰的口吻。

「唉！你感覺不到的事可多了。」東辰說。

「唉！我怎麼會不知道？」苡姿又故意說。

兩個人突然同時笑了。

「這學期就快結束了，時間過得這麼快呢。」苡姿一樣看著前方說著。

「嗯？」東辰沒搞懂她想說什麼。

「欸，你覺得大學的生活跟你想像的有什麼差嗎？」苡姿轉頭看著東辰。

「沒想像過。」東辰默默地說,但東辰想說的是,只是一直想著能夠遇到她就很好了。

「怎麼可能?你生活這麼單調喔?」苡姿笑著說。

「還好。」東辰突然變得沉默。

苡姿看著東辰,並沒有說話,過了將近一分鐘後。

「我們來玩個遊戲怎麼樣?假設期末考成績誰比較高,就請對方吃飯。」東辰看著苡姿,堅定的說。

「不要,好無聊。」苡姿說。

「不然妳有想到什麼遊戲?」東辰說。

「我才不玩勒。」苡姿說。

東辰突然安靜,苡姿發現東辰沒有說話,便轉頭,才發現東辰正在直視她,而且是一種會讓苡姿心跳加快的眼神,所以苡姿瞬間移開了視線並急忙的說要先回去宿舍了。

在期末考前一週苡姿照樣都是到圖書館看書，而東辰也會在差不多的時間出現，位置也是選在苡姿對面，每晚九點後他們也會一起到露天廣場聊天。

雖然苡姿也覺得奇怪為什麼東辰都沒有去陪他女朋友，反而這幾天都在這裡，但好像也不知道怎麼問起這個話題，也想著也許這幾天他們可能吵架或者他們對彼此都是那麼信任的，苡姿選擇了後者，在她心中，想到像恬滇那麼可愛的女生，有哪個男生會不動心呢？

就在考完試的某個晚上，東辰主動約了苡姿在露天廣場見面。

「怎麼樣，放鬆很多了吧？」東辰說。

「對呀。終於結束了。」苡姿說。

「上次說的那個遊戲真的不玩喔？」東辰說。

「真的。」苡姿說。

「這麼沒把握？其實很多事都是在沒有把握的當下發生的。」東辰說。

「嗯？」苡姿有點疑惑的看著東辰。

「就像……」東辰一直看著苡姿，也讓苡姿突然覺得有點奇怪。

「我……喜歡……妳。」東辰講得很慢很慢，但眼神卻是那麼堅定。這件事一直是真的，自在東辰心裡是那麼的清楚。

「哈哈哈哈哈！這真的是一個很爛的比喻欸。」苡姿心中很緊張，卻故意用笑聲隱藏自己。

「哈！是嗎？」東辰說。

「你暑假會返鄉嗎？」苡姿想著要盡快轉移話題。

「嗯，會回去。」東辰說。

「嗯，我也會回去。先這樣，沒什麼事了吧？我先回宿舍看還沒還完的小說了。」苡姿說。

「喔，好啊。」東辰說。

走回宿舍後，苡姿腦海裡不斷的想著東辰說的那句話，明明知道是假的，為什麼自己的心跳要跳得那麼快，而他又為什麼要那這樣的事來比喻，沒辦法知道東辰的話是什麼意思，但苡姿告訴自己，反正東辰就是那樣的人，是一個講話不能信的人，事實上是苡姿想要說服自己，不管他說了什麼話也不用太

認真，反正在東辰身邊都已經有一個她了，自己是不可能的，不能有這樣的妄想。過了暑假後到了二年級，東辰與恬禎自從上一次爭執之後，在恬禎心裡就很清楚知道東辰真的變了，雖然在這段時間他們的關係幾乎是冰到極致了，時常會冷戰一段時間才又和好，這對東辰來說，似乎就像時常在變化季節，一下子可能在冬天，一下子又突然到了夏天，這樣的關係令東辰越來越覺得自己跟恬禎已經不可能了。

在返鄉的這段時間，沒有跟苡姿見面的這段時間，讓東辰更看見自己心裡想的是誰，知道這件事就算騙得了別人，也騙不了自己，而滿滿的筆記本紀錄著的，更是一件最真實的證據。

這天東辰與恬禎在外面吃晚餐，但從點餐到吃飯，這之間他們幾乎沒有說話，而點餐的時候也是各點各的，直到快吃完飯的時候才有點話題，兩人的互動很平淡卻也令人感到有冷空氣在身邊。

「妳這學期的課都選好了嗎？」東辰先打破了沉默。

「還沒有。」恬禎說。

「這學期妳想選修什麼課，妳就選吧，不用再問我了。」東辰的口氣滿冷淡的。

「為什麼？」恬湞說。

「我們各自的興趣應該不太一樣。」東辰說。

「你之前說過選修的課，我們一起討論？」恬湞說。

「嗯……那是之前，我想……我們分手吧。」東辰說。

「……」恬湞看著東辰並沒有說話。

「妳先吃吧……我想我們都應該很清楚知道我們現階段的狀況……」東辰說。

「你不用說了，我知道了。」恬湞說完，把剩下的幾口飯快速的吃完。

當東辰離開恬湞家門口後，恬湞一路哭著回到家裡的客廳，媽媽見狀後便出來坐在恬湞旁邊。

「怎麼了？我最可愛的寶貝。」恬湞的媽媽說。

「我跟他分手了……」恬湞抬起頭看到媽媽哭得更大聲，從小恬湞跟媽媽的感情就很好，跟恬湞的關係就像朋友一樣。

「沒事的。寶貝，你知道嗎？這會是妳人生中一個很美的故事。」媽媽說。

「嗯？」恬禎看著媽媽，眼淚還是掉不停。

「我的初戀，也並不是完美的，最後我跟他也是分開了，而且我們是在大學畢業後才分開的，但是我現在知道這一段回憶，對我來說非常珍貴，雖然我們都曾經承諾對方，會一直在對方身邊，不管如何。」媽媽笑著的眼神看著恬禎，也讓恬禎覺很溫暖。

東辰騎著檔車回到家之後，便又翻開了筆記本寫下：

一步一步走向妳
一次一次接近妳

將
一件一件都丟掉
一個一個都不要

我
試著努力拋下所有
慢慢的往前
但願妳會
永遠在那河岸上

思念總在分手後

等我的船

到達妳的岸上

　　在二三年級之間，苡姿與東辰的關係一直保持在朋友以上戀人未滿，他們還是會在圖書館見面還有在**露天廣場聊天**，這兩個地點以外，他們也沒有一起去到第三個地點見面，一直到了大四的時候，東辰與苡姿在露天廣場時……

　　「欸！你之前跟你女朋友分手的時候，是什麼心情？」到了大四，苡姿與東辰的話題幾乎可以說是什麼都可以聊了，只差在不能聊到彼此對彼此的心意。

　　「很奇妙的心情。」東辰說。

　　「怎麼奇妙？」苡姿說。

　　「就是好像當時明明已經知道不可能了，似乎感覺得到有一方還抱著希望。」東辰說。

　　「你說的那方是你？」苡姿說。

　　「不是我，是她。」東辰說。

　　「然後呢？」苡姿說。

　　「我知道繼續下去，對她也不好。」東辰說。

　　「嗯。」苡姿說。

「算是我比較直接吧。」東辰說。

「是，你真是直接，記得你之前說過，你提分手的時候，是在一個很奇怪的點上，你還真是怪異欸！」苡姿說。

「我喜歡直接了當。」東辰抓抓自己的後腦勺，心裡知道其實自己在苡姿面前完全直接不了。

「哈哈！」苡姿笑了笑。

「那妳呢？為什麼到現在還是……單身？妳都沒有遇見喜歡的人？」東辰問著苡姿。

「也不能說沒有吧。」苡姿對於感情的話題，雖然可以跟東辰聊，不過每次還是會聊到一些，都會令苡姿心跳加快的話題。

「嗯……那有的話……」東辰說到一半被苡姿打斷。

「有的話又怎麼樣，那也是在電視上的啊！」苡姿說。

「阿？」東辰總覺得每次苡姿聊到這個話題，苡姿好像都在逃避著什麼。但就算不知道苡姿究竟有沒有喜歡的人，東辰這一次早就下定決心了，他這時從他的背包拿出一本筆記本，然後拿給苡姿。

「這什麼？」苡姿問。

「……妳看看。」東辰心跳得很快，再次用手抓後腦勺。

苡姿慢慢打開筆記本，看到第一頁然後再慢慢看到第二頁時，嘴巴還說著這樣的話。

「欸！你也太噁心了吧，你是寫給哪個女生啊？」苡姿一面看著東辰的筆記本一面說。東辰完全沒有想到原來這樣沒有辦法讓苡姿知道他的心意嗎？

「欸！安苡姿，我跟妳說一件事，會是我這輩子膽子最大的時候，不過妳可是要記好了。」東辰突然用很堅定的口吻。

「幹嘛？該不會你要說你準備跟哪個女生告白了。」苡姿還是低著頭看著筆記本。突然間，東辰將雙手放在苡姿手上，讓苡姿停下來頭起來看著他。

「安苡姿，這本筆記本我要送的人就是妳，我喜歡妳，如果你願意跟我在一起，妳就把筆記本收下，不願意就把筆記本還我。」東辰看著苡姿堅定的說。

「……我……，你這是在開玩笑？」苡姿心跳得非常快。

「沒有。」東辰說。

「……嗯……」苡姿心跳得一樣非常快。

「已經給妳三秒鐘的時間思考了。」東辰看著苡姿手上的筆記本，苡姿並沒有把筆記本還給東辰。

「……嗯……」苡姿心跳似乎沒有減速過。這時東辰漸漸靠近苡姿，漸漸靠近到與苡姿沒有距離，與苡姿在露天廣場上有了第一個吻。

相濡以沫

文：澤北

「是從哪開始的呢？」陳醫師幫忙倒了杯水，不急不緩的身段讓人看了好不羨慕。

男子抓了抓一頭的亂長髮，再喝了口水潤潤喉嚨，沉默了好一陣子。

陳醫師靜靜看著他，隨後男子表現出了進入診間後的第一個笑，只是簡單的兩邊嘴角上仰，卻像是花了他無數氣力般。

「你笑得很自然啊！」陳醫師說「要繼續了嘛？」

「轟隆隆隆，衝衝衝衝，拉風！引擎發動！」

週五的高鐵列車從台中出發，一名男子在自由座車廂中尋找著空位。

「欸！」一道帶著驚訝的聲線穿進男子的耳機之中，《超跑情人夢》的歌詞也掩蓋不了的聲音。

黑芝麻點綴，被男子稱作水煎肉包臉的臉蛋，較十年前成熟了些，卻還是被男子一眼認出，而水煎包正睜大雙眼坐在座位裡，看著這名尋找座位的男子。

男子繃著一張木臉走到水煎包身旁的空位，徑直脫下了背包坐下，絲毫不管後方還有名男子摸摸鼻子地離開。

「欸你記得我嘛？」祐祐先開啟了對話，男子也沒辦法再繼續裝酷，嘴角略逐漸上仰地回應了她。

「記得啊，我記性一向很好！」男子完全不敢看向祐祐，「妳是要去台北玩嘛？」

過了一會兒沒得到回應的男子，在脫外套的同時偷瞄了一眼這十年來的過去。

潔白的雙手在筆電上來回敲打，目不轉睛盯著螢幕上的各式報表，祐祐像是沒聽到男子剛才的發問，明亮的大眼隨著視窗切換來回轉動。

「抱歉！我的老毛病就是這樣。」出了苗栗一陣子後，祐祐才轉頭繼續招呼男子「我習慣多工模式了，不是故意不理你的！」

「沒關係，工作優先。」曾從事服務業多年的男子給予祐祐了一個上揚的嘴角，「我到板橋然後回家，妳呢？」

鍵盤聲再次響起，男子的發問接連兩次像是掉進水溝的銅板一樣，而《超跑情人夢》的歌聲再次響起，男子閉眼回想當時躲在校慶角落，偷看同學告白失敗的那段小回憶，「眼睛還是一樣的又大又圓呢。」

列車過了新竹一陣子，祐祐深呼吸了一口氣並蓋起了筆電，「我是台北人啊，今天去台中出差，你呢？」

「我也是去台中出差，我其實很少出差的，通常都待在工地處理工事。」男子看似假寐，其實注意力一直在大眼水煎包上，一發覺到她有所動作便偷偷將音樂停下。

「這麼巧！」祐祐將筆電收進了背包，「我現在是做廣告業務，你呢？」

「我大學是念建築系。」男子接著開始解釋起了建築、室內設計與營造的差異，伴隨著祐祐時不時的摁、哦的語音，列車出了桃園站。

「我有問題！」祐祐嘴角開始有點失守，發出了嘿嘿的笑聲「你叫什麼名字啊？對不起我剛剛很認真的想真的想不起來，但我有印象我有看過你發文。」

「喔……妳這樣直接問，我很尷尬欸。」男子表情露出落寞隨即正常「不然妳手機給我，我直接開臉書好友給妳看。」

桃園到板橋的距離很快，男子才將祐祐的手機頁面連到自己的頁面，列車就準備進站。

「我以前在舞社的外號，叫大頭。」大頭站起了身，隨手將背包單肩揹起「現在的話，隨便你叫都行，但我已經不跳舞了，就別叫我大頭了。」

「好的！安格斯陳，不會再忘記了！」

高鐵出了板橋站，往重逢的下一站出發。

「會在車廂上遇到，感覺是很好的開始。」陳醫師泡了杯熱美式給男子，或者該稱呼他安格斯。

安格斯伸了個懶腰，「我剛開始也這樣想，一直到結束之前都覺得跟她是美好的。」他輕啜了一口咖啡潤潤喉「醫生，你修過心理學嘛？」

陳醫師想了想回答「修過，但不是針對她的狀況，我們主要學的是幫助像你目前的狀況。」

安格斯將咖啡杯捧在雙手間，感受它在手掌心的溫度「她像顆能讓我的心，暖活起來的太陽。」

藍灰色的轎車行走在蜿蜒的山路上，車上的兩人身著輕便，司機載著一顆水煎包往九份出發。

「屁啦，你以前做服務業？哪間店缺人缺成這樣？」祐祐瞪大了原本就很大的雙眼，一邊補著唇妝一邊發出質疑的聲音。

安格斯一邊看著導航一邊駁斥「我以前也是很有服務態度的好嘛！我都單膝跪地為客人點餐，還有客人寫意見卡說很滿意我的服務，我拿過不只一次的最佳服務人員……」

祐祐的注意力卻早已轉向窗外的海景，臨冬季節配上怡人的太陽，浪打在岸上的波濤聲配上折射的青藍陽光，如果要選一首歌來當配樂的話，祐祐的聲音是最好的選擇，沒有之一。

浪又再次打到了岸，岸上散步的男女剛爬完了茶壺山，正悠閒的走著海岸線舒緩高頻率的心跳。

「你不是都在重訓嘛？肺活量太差了吧。」祐祐發出不屑的狂語，想成為瑜伽教練的她很懂的調節自己的呼吸，相較之下只做中重量重訓的安格斯在登山這種運動上的確略輸祐祐。

安格斯喝了口水潤喉「我不反駁，但如果今天我不用背著妳爬最陡的那段路，我一定輕鬆很多。」喝完水，順手將水瓶遞給了她。

祐祐很自然地接過了水，隔空喝了一口，再笑著說「背這樣一點就不行啦？那以後……」

話只說了一半，祐祐就被眼前的夕陽迷住了雙眼。

安格斯見狀也沒有再繼續說話，默默地站在祐祐身旁，右手輕輕地牽起了她。

「上次我喝醉，你來載我回家，我好像說很多醉話。」良久，祐祐看著夕陽平靜地說出。

「妳是指喜歡我、當我女友、每天都想你、想抱抱，還是幹你媽的騎快一點？」

「……每句都是醉話啦吼不要當真。」

「蛤真的不能當真嘛？」

「我不知道我們夠不夠解彼此了，但我必須說，你出現的時間很巧，是我剛走出情傷，而且工作剛取得突破，可以有比較自由的時間談戀愛的時機，然後你──」

「然後妳就在高鐵上搭訕我，妳克制不住心中那股悸動，看到我就勾起了十年前的美好是吧！」

祐祐瞪大了雙眼說「我才沒有搭訕你！是你直接坐到我旁邊好嘛，我老闆還默默地走到其他位置坐。」

安格斯尷尬地笑說「妳用眼神勾搭我啊，我感應到了。」

「總之。」祐祐拒絕承認搭訕的事實，自顧自地說「我的意思是，我們也不是小孩子了，應該要確定一下彼此的一些狀況，再來討論適不適合彼此。」

安格斯想了想，抓了抓頭說「所以妳覺得，感情是可以用討論的嘛？」

「妳想清楚，不過我不保證聽到不好的答案還願意載妳回家喔。」

「你才沒那麼小人！」祐祐笑了笑，她貌似很喜歡這樣一臉正經胡說八道的樣子。

「我可不確定，我已不是以前的金牌服務員了。」而後，安格斯突然一甩開玩笑的神情，一臉正經地對祐祐說了一番話。

祐祐認真聽完後笑了笑，嘴角上揚的角度比上弦月還弧，甜蜜的香味在她的水煎包臉上的芝麻中溢出。

而後，兩人牽著手，回到了轎車上。

轎車啟動，往交往的路上駛去。

「我不知道我有多喜歡妳，但我每天都想見到妳。」

「我不知道妳會多喜歡我，但我會用盡一切照顧妳。」

「我不知道妳的傷有多深，但我會用時間跟陪伴幫妳包紮。」

「我不知道妳的夢有多遠，但我願意跟妳一起追逐。」

　　正午的太陽燒得火熱，情侶身影穿插在山林間的森林間，時而攀岩，時而鑽洞，位在苗栗的火炎山是他們攻上的第二座山，鬆軟的紅土在兩人的衣物上留下了一塊塊的污漬。

　　安格斯走在前頭，領先祐祐不到半個身子的距離，祐祐脖子伸的老長，吸吮著安格斯背包裡伸出的水囊吸管，大口大口地吸著裡頭的水。

　　安格斯放慢腳步，讓祐祐可以邊喝水邊爬山，「不要喝太快，等等下山還要喝欸。」

　　祐祐點點頭發出了些回應的哼聲，接著繼續吸，並伸手把安格斯攔停。

　　安格斯順著她的手勢看去，是顆平坦的石頭，於是便走過去將背包裡的毛巾取出，鋪在石頭上讓祐祐坐下休息。

　　伸了伸筋骨，大口呼吸了幾次，安格斯才坐下幫祐祐捏捏小腿，她的小腿一直都很緊繃，卻又總是喜歡裝沒事，祐祐整個人向後微躺，將雙腳跨在安格斯身上，享受山林間的片刻寧靜與專屬的按摩服務。

「好想就這樣住在這。」安格斯說著，手也沒停下，絲毫不嫌瑜珈褲上的土漬骯髒，盡力地幫自己的女友按摩的著脆弱的阿基里斯腱。

「住這太不方便了吧，沒水沒電沒網路的。」祐祐靠在石頭上閉著眼，享受服務的同時也吸收著芬多精。

「可以不用這麼深山，但我以後想住在郊區，自然豐富一點，人少一點的地方，最好是有個後院，養貓養狗養蜥蜴都方便。」安格斯想像著未來的生活，手上稍微用了點力。

祐祐眉頭稍微皺了皺「可是這樣要跟朋友約吃飯什麼的，都很麻煩，會花很多時間在交通上面耶，我們兩個家現在的狀況就已經夠不方便了。」

「不能這樣說啦，要分開來看，我們是因為工作關係才需要往返市中心跟汐止、林口，可是以後如果我們做可以待在家的工作，妳還會想住在市中心這麼吵雜嘛？」

祐祐沒有多說，只是繼續享受這份靜謐。

又推又拉的，兩人總算到達了終點，鏽鐵色的山脈配上零星的枯樹，這時的風景有些像是末日的場景，悲壯孤寂的氛圍瀰漫在山巔。

「我覺得我脫離不了網路，我的工作就得用網路去執行，而我又是個把工作擺在第一的人。」祐祐像是被這氛圍感染了，口吐著幾經思考的話語，延續起在山腰享受按摩時的話題。

安格斯笑了笑，「我們都是一樣的人，工作第一，彼此第二，不是嗎？」聽完了這番話，安格斯心中沒有絲毫的意外，還因為對方敢於說出這番話感到有些欣慰。

兩人沒有再多說話，只是靜靜地享受中午的陽光與風景，休息片刻後便啟程，重新將彼此再排序回第二順位。

　　花蓮的錐麓古道，是兩人攀爬的第三座山，太魯閣峽谷邊的霧氣濃厚，所以有限制登山時間與出山時間，凌晨五點便驅車下來的兩人，總算在關山前抵達登山口，在遞交事先申請的登山證給管理員時，兩人還帶著興奮的神情。

　　一如往常，安格斯背折著大的登山包，裡頭包含著三公升的飲用水囊、行動電源、毛巾還有特地借來紀錄這次行程的攝影機全組，祐祐則是斜背一個 coach 的小包包裝著她的手機，登山開始大約半小時後，這個小包包便收進了大背包裡。

　　稚嫩晶白的手抓住了長滿苔蘚的麻繩，手的主人抓得緊緊的，吊橋搖曳著，祐祐不敢放開腳步，只敢慢慢的走過吊橋，安格斯發揮著男友力，在吊橋的另外一頭用鏡頭記錄著這段過程。

　　「關掉！」祐祐大聲喊著，安格斯只是將鏡頭拉近，將她臉上的表情完美記錄下來，想必安格斯晚上已經有睡沙發的決心了。

　　好不容易跨過吊橋，祐祐看到眼前是毫無欄杆，左半邊懸空的峭壁，臉色頓時發白起來，安格斯看了眼，隨即將背包上的扣環解開，把安全繩遞給祐祐，「沒事，跟著我就好。」安格斯將背影映入祐祐的視線內，率先走進這最後一段峭壁。

　　祐祐跟著他男友的身影，默默拿起攝影機記錄他的背影，每每有任何事情，安格斯總將自己置於祐祐身前，保護著她，不讓她受到任何一點風雨，不管是家庭失和、工作不順、朋友口角，安格斯從沒對她說過不，總是保護著她，讓她不受到一丁點影響。一直到山巔，強勁的山嵐刮的祐祐站也站不穩，安格斯依然是站在她身前擋風，在蹲下讓她從肩膀上探頭看峽谷的風景。

　　兩人在山巔上又逗留到忘了時間，回頭的路程相當趕，還隨手撿了根樹枝充當登山杖使用，但趕路的結果還是讓膝蓋負荷太大，最後一小段路堪稱是男友力的極致表現，祐祐背著大背包，再由安格斯背著她走回登山口，好不容易在關山之前走出去，兩人已經沒有力氣去走完預定的行程，立刻前往按摩店去放鬆肌肉。

「你總是將自己的處境置身在別人的需求上，長期下來，你開心嗎？」陳醫師聽完了關於山的故事之後，已經是幾個小時過去，兩人都有些疲憊，陳醫師卻不曾對他要求暫停或是休息，連電話都不曾接過，這讓安格斯感到被重視的感覺。

安格斯喝口牛奶，六甲的牛奶滑順入喉，清清痰後說「我不知道我開不開心，但當時的我，只希望她開心，她開心，我就開心。」

稍微想了想，又補充說「但得知她欺騙我後，我就變得不樂意付出，雖然我還是在付出，但我知道我心裡不樂意。」

「這很正常，你的付出沒有得到回報，也沒得到相等的對待，你當然會不平衡。」陳醫師說出了這句，安格斯心理不敢承認的話，他是想要得到回報的。

「我是自私的吧？我其實做出這些照顧的舉動，是因為我想要被照顧，想要得到相同的回報，對嗎？」笑了笑，安格斯終於能說出這些心理的話，雖然對象是見面沒有幾次的人。

「人多少都是自私的，但不要去傷害人就好，你或許是帶有自私的角度去做出這些舉動，但你做出這些舉動的前提，是你愛她呀。」

「愛，不代表無私，你付出的多少，代表你有多愛她，這是你心裡對愛的表現，或許她心裡對愛的表現並不是這些，但也不能代表她不曾愛過你。」

「試著將自己曾做過的行為跟想法說出來，我幫你想想這些是不是合理的，能說多少，就說多少，別害怕，這樣我才能幫助你啊。」

計時器的聲音響了起來，八小時的療程暫時告了一段落，安格斯起身與陳醫師握了握手，向他表達謝意，接著轉身面對牆壁，雙手高舉貼牆。

門口進來了兩名護理人員，一人一邊扶持著安格斯離開了診間，回病房的路程上安格斯帶著笑意，他終於找到了願意傾聽他的人了。

護理師進了診間，向陳醫師收取病患診斷記錄，隨口向醫師說了句「醫師，他到底是什麼病症？」

陳醫師又寫了幾個字在自身的筆記本上，「我不能透露，這是他的隱私，但我可以告訴妳的是他很安全，目前還算是安全。」

護理師點了點頭，腦海裡卻充斥著筆記本上陳醫師寫上的最大的兩個字。

「智障。」

　　蔚藍的大海映射出兩團純黑的影子，祐祐與安格斯敞洋在這異鄉的情懷中，在這片異域小島，他們擺脫了一切的壓力與束縛，從白天到黑夜都充斥著愉快的歡笑。

　　夜幕隨著車子的行進而降臨，兩人到了這次下榻的民宿，訂民宿的安格斯卻因為一些細節的緣故而無法入住民宿。

　　兩人在陌生街道上，拖著沉重的行李箱，配著逐漸轉大的雨勢，一切就像是偶像劇情節般真實重現在他們的生活中。

　　「我很抱歉。」安格斯邊扛著兩個人的行李，一如往常地不讓祐祐負擔任何一點重量，這次卻帶著贖罪的心態一個人負責兩人五天四夜的行李。

　　「沒關係。」祐祐擦了臉上的雨水，頭一直低著看手機，搜尋著附近還能入住的居處。

　　沖繩的夜晚來的比台灣早很多，瀕臨八點許多店家已經打烊，旅館業也不例外，民宿老闆都已經下班，兩人淋了兩個多小時的雨後才終於找到了一間青年旅社可以入住。

　　「@#%$#$#@!%#$%^$@#$@#」聽著櫃檯人員絲毫不標準的英文，兩人的心情都被逗樂了，最後認命地用出翻譯軟體溝通，才成功地入住。

「很不習慣這邊是靠左邊行駛欸，我一直逆向。」經過了慘烈的一晚，安格斯雙手緊握方向盤，開著租來的日系無聲車在乾淨的街道上一路超車，趕往下個目的地。

祐祐一如往常，兩耳自動忽略駕駛的喃喃自語，兩眼看著窗外的異國建物饒有興趣的遊覽著，出發前嘴上說對這沒興趣，果然身體還是比嘴巴誠實。

順順地到了美國村，更順利地入住了新的民宿，第二天的行程比第一天順利了許多，除了颱風帶來的豪雨外，一切是那麼的順利，那麼的美好，然而一切的一切，卻好像是暴風雨前的寧靜一樣。

白駒過隙沒辦法形容兩人度過的時光流逝感是多迅速，從交往到搬進女方家中，再到兩人搬出同居，短短三四個月的時間發生了許多事情。

最後的寧靜結束，回台灣後安格斯出了一場嚴重的車禍，汽車車頭全毀，需要賠償大量的金額給對方，家庭面臨龐大的經濟壓力，需要大搬家卻又找不到新的房子；正當家庭還未處理完時，工作也面臨劇變，出爾反爾的老闆拒絕發放合約內的薪資。

種種的壓力，壓在了安格斯的肩膀以及心靈上。

　　帶點陰鬱氣息的霞雲穿梭在台北的天空上，安格斯坐在診所的人體工學椅上等候著陳醫師的到來。

　　不安、不踏實以及無助，還有些許期望得到救贖的心態，促使他來到了診所求助。

　　「今天想分享什麼呢？」不知不覺間，陳醫師已經坐在安格斯的面前，帶著舒服的微笑。

　　安格斯伸了個懶腰，滿不在乎地說「我出了場車禍，家裡房東逼我們搬家，心中充滿躁動，但女友不懂這些事情有什麼好擔心的。」一邊述說著從沖繩回來後的遭遇，心中的回憶。

　　陳醫師點了點頭，在筆記本上寫下了安格斯所描述的情況，又想了想「嗯……你有試著向祐祐解釋過，你這些負面情緒的來源嗎？」

　　「有的。」安格斯突然像是洩氣一樣，向後躺在躺椅上，「但我們的成長環境好像差太多了，她嘴巴上說能理解，心中好像不認同。」

　　「我自幼長於孤獨，十歲以童工身分直闖進工地搬磚頭、扛水泥。後傳單派送、飲料調製、上學前到早餐店搬貨、下課後的餐廳幫廚直到高中畢業，大學開始進速食店才有勞健保，

咖啡廳、夜班保全，再到役畢後的工程師、木工、瓦匠等等，各種不同的工作成就了我，我能嘗試的工作都嘗試過了，只為了活著。」

「十歲開始的我，可說是顛沛流離，每半年到一年會搬一次家，可能是租金問題，可能是躲債主，我對於搬家有一種莫名的恐懼感，一直到大學才穩定下來，連續好幾年沒有搬家，而現在，我又面臨到了這種情況，同時還有車禍的賠償、工作薪資上的缺口等等。」

「這些事情發生後的幾天，我試著調適著心情，我不希望她替我分擔掉這些壓力，我希望她能繼續開開心心地生活下去。」

陳醫師的筆沒有停過，他隨時注意著安格斯講述過去時的神情，時而在他表情或眼神出現變化時做些筆記，「那她有發現，你面對的這些壓力嗎？」

安格斯笑了笑，是個苦笑「有的，她有發現，她在第一個禮拜就發現了，那時候是過年，她陪著家人回去彰化，我們隔著電話她就發現了。」

安格斯蜷縮在被窩中，將頭深深埋進不再蓬鬆的枕頭中，手機中傳出的是陣陣的啜泣聲。

「我知道，我感覺得到你現在很低潮，發生很多事情在你身上，我感覺得出來你很克制自己不要感染我這些負能量，但很抱歉，我真的承受不住你的情緒。」

安格斯沉默著聽著祐祐的話語，半個小時前的他才剛從警局回到家中，第一件事情就是向女友報平安，接著說了車禍的經過，就聽到電話的另外一頭的沉默，接著就是哭泣的聲音開始傳了過來。

無奈，無助，種種情緒再次地充斥了心房腦海還有四肢，肉體的傷口帶來的痛楚，與電話那頭的啜泣聲相比之下等於是毫髮無傷。

「……我很抱歉，我帶給了妳這些不好的情緒，影響到了妳的心情，我會再多注意一點，妳不要想太多了，好嗎？」

男朋友的責任感上身，安格斯忍著自己的不適盡力地安慰著遠方的女友，不能讓她被自己不好的遭遇影響。

這段通話結束在兩人的沉默之中，彼此間取得了各自以為的共識。

安格斯整晚都處在失眠的狀態，兩眼盯著牆上貼著的明信片，那是祐祐從沖繩寄回來的。

「有你在的每個地方，都是最美的地方。」

「有我在的每個角落，都會是你最放心的角落。」

霞雲持續繚繞在天空，繚繞到了子時過後仍不見皎月。

安格斯在機車上等待著那人，距離約定時間已過去兩個小時，心中的怒火已消失殆盡，取而代之的是數不盡的擔憂。

訊息沒有已讀，電話打不通，祐祐處在完全失聯的狀態兩個小時，安格斯在教室的外頭痴痴地等著祐祐下課，儘管他一直抱持著反對祐祐報名這個課程的立場，但在祐祐的堅持之下還是放手讓她去了。

這是第二天的課程，錶定是晚上十一點下課，但現在指針過了數字一，分針過了數字六，祐祐才緩緩地從教室走出來，帶著輕快的表情與滿足的笑容走向安格斯，她神色自若地拿起了安全帽戴上，並示意安格斯可以發動車子了。

「妳沒有話要對我說嗎？」安格斯帶著傻眼跟一些怒氣對著那名自顧自戴上安全帽的女子說道。

祐祐舉起了她的食指，擺在了嘴唇上，示意她不能說話。

僵持，兩人在機車旁僵持著，「我不懂。」安格斯說著

祐祐皺了皺眉頭，拿出手機打字。

「我現在處於靜謐時間，接下來半小時我不能說話，會破壞掉我課程的體悟，我需要讓自己安靜一段時間，所以我不能說話。」

安格斯看完，發動了機車，待後座坐穩後便揚長而去，二十分鐘的車程僅花了五分鐘便到了兩人的租屋處，期間超速、變換車道、闖黃燈甚至闖紅燈，安格斯將這些怒火發洩在油門上。

回到租屋處，安格斯便開始卸裝，換上居家服後倒頭便睡，這時的祐祐才察覺到了不對，搖動著已躲在被窩中的男友，卻仍然不肯開口說話。

「我沒辦法跟啞巴做交談，等妳想講話再叫我。」冷冷的話語從枕頭中傳出，祐祐的怒火像是火柴碰上了油罐車般爆發。

「你什麼態度！給我尊重點！什麼啞巴！」

「肯說話了嗎？」安格斯還是沒有將身體抽出被窩跟枕頭。

「我不是有說我現在是靜謐時間嗎！現在我時間被打斷了，我今天的收穫說不定就白費了欸！」

「妳只有這句話想說嗎？」

　　祐祐還未回應，手機隨即響了起來，與她在凌晨兩點多交談的是課程小組的組長，他在下課後做電訪關心自己的組員，上課有沒有專心、有什麼感想、靜謐時間有沒有遵守等等。

　　電訪結束之後，已經是半小時過後，安格斯早已在被窩中入定，壓根不想聽這些他認為胡言亂語的東西。

　　「我先去洗澡了，洗好澡再來談。」祐祐說完便徑直去洗澡，在浴室中回味今天的課程。

　　而兩人的今夜，就在這樣的結果中結束了。

　　半個月前，祐祐無預警地丟出了一張 A4 的宣傳單，上頭寫著上課日期、上課地點、繳費期限等等項目，但對課程內容以及授課方式則沒有絲毫的描述。

　　「？？這是什麼課程？」安格斯連速讀的能力都沒有發揮就看完了這張傳單，隨即向祐祐發起了疑問。

　　「這是我，考慮了一年多才決定要去體驗的課程，它會幫助你找到人生的意義，以及宇宙與你之間的連結。」

　　安格斯一臉狐疑，低頭再次確認這張傳單上的內容，上課日期、上課地點、繳費期限、授課單位。

　　摁，真的沒了。

　　「ㄜ……這是什麼課程？」

　　「我剛說啦！這是幫助你找到人生的意義，以及宇宙與你之間的連結的課程，對人生很有幫助，對工作、生活都會很有體悟。」

　　「這樣啊……」安格斯摸了摸長期加班，來不及刮除的鬍鬚，思考了一下便說「妳是要找我一起去？還是……？」

「不是。」祐祐喝了口水，正經地坐在安格斯身旁，「我只是告訴你，我要去上這個課程，我需要你的支持與鼓勵。」

「去啊！」安格斯聽完沒有絲毫的猶豫，「考慮了一年多，妳又不是笨蛋，既然妳覺得這個課程會有價值，那就去吧！」

祐祐頓時收起了正經的表情，換上熟悉的圓滾大眼與笑靨，雙手環抱起了她的男朋友。

「欸可是，這上面怎麼沒寫學費跟課表之類的東西啊，七天的時間很長欸，平日假日都有，妳工作上沒問題嗎？」安格斯的脖子被抱著，依然發出了些疑問。

安格斯的脖子被鬆開，祐祐再次換上了正經面具，「我需要的，是你的支持，不是你的質疑，你買任何東西，我從來沒有質疑過你，為什麼現在你要質疑我？」

如果以漫畫的分鏡來看，此時的安格斯臉上及頭上一定畫滿了問號與驚嘆號，「我沒有質疑吧，我只是好奇內容。」

「這不就是質疑嗎？我不問你錢花哪去，你為什麼要問我？」

「？？？我只是想問課程內容，我沒有阻止妳去上課啊！」

　　祐祐看著眼前的男友，安格斯也收起了笑容擺出了受到誤解的神情。

　　深呼吸了一口氣「我所追求的。」祐祐睜大眼睛看著眼前的男人。

　　「是無條件，無立場，奮不顧身地在背後支持我的感情，你明白嗎？」

　　安格斯看著眼前這位，瞬間改變自身心態的女人，沉默了一會。

　　「所以……我如果阻止妳報名課程，妳就要跟我分手的意思嗎？」略帶沙啞的聲音，彰顯出了男人心中失望的心情。

　　祐祐沒有回應，只是看著這個瞬間散發出頑頹氣息的男人，「你好好想一下自己的立場。」接著便起身去浴室洗澡。

　　又一次的，兩人的爭吵在洗澡中結束，早已沐浴完的安格斯再次躲進了被窩到天明，直到隔天的中午，才收到了來自祐祐的訊息，讓他不想再追問細節。

　　「我會去上這個課程，是為了你，我想更了解你，探索你的世界，你的宇宙，我想更能夠與你一起，感同身受。」

「石可破也，但不可奪堅。丹可磨也，但不可奪赤」

《呂氏春秋》

靜謐時間之戰就這樣過去了一週，安格斯不滿歸不滿，但還是擔心著女友上課到半夜的安全，依舊每天載著她下課回去。

持續了一整個禮拜，堅持到了課程最後一天的安格斯，穿著正式服裝參與了這項課程所謂的「結業式」。

「你有看到祐祐嗎？」祐祐的父母也被邀請到了結業式來，他們與安格斯都在這會場中流竄著尋找同個人的身影。

一直到半小時後，才找到了正抱著別的男人痛哭的祐祐，此時的她哭得不成人形，面對這種場面，叔叔阿姨跟安格斯都臉帶尷尬地站在祐祐身旁，祐祐依序抱著她的同學痛哭，接著才輪到他們三人。

一如既往，回到租屋處後便是接聽組長的關切電話，這個禮拜他們已達成默契，祐祐邊講著電話，邊享受著安格斯的腳底按摩與乳液推拿，天生體質關係導致祐祐的雙腳經常因為皮膚乾涸而龜裂。

　　「我很感謝在這個這麼重要的場合上，有你們的參與。」
會後，祐祐躺在安格斯懷裡靜靜地說著這句話，這是他們在課
程以來第一次一起共枕。

　　安格斯不置可否，親吻了一下她的額頭兩人便睡了過去。

「你是怎麼發現她的不對勁的呢？」陳醫師喝了口茶，A4的筆記本上寫滿了他們的故事。

安格斯笑了笑「我們有過很多約定，其中一項就是回去之後就把時間留給對方，我通融的就是讓他接電話講工作，但那天幫她按摩時，她的手機完全沒有放下過，嘴角的笑意也出賣了她自己。」

「說實話，她覺得她掩飾的很好。」想到這，安格斯便止不住地笑了出來，是個譏笑。

「那你是隔天早上起床後，就看了她的手機嗎？」

「不。」安格斯的眼神突發銳利了起來「我是隔了一個禮拜的一天，才看的，那整個禮拜的按摩時間，她幾乎都是手機不離手，我給了她無數的暗示，很顯然地都被她給無視了。」

「你除了我跟你爸爸之外，還能這樣對別的男人說愛你？」安格斯帶著不敢相信的眼神看著床上剛起床滿臉震驚的祐祐，她顯然沒有料到自己的一舉一動都在自己枕邊人的掌握中。

「妳在家裡，跟我說了晚安要睡覺，接著打給別的男人聊天到早上，四個多小時？」

祐祐還未從震驚中回神，持續聽著安格斯不帶感情的聲音敘述著事實。

「妳下班後跟我說要跟客戶吃飯，結果是他接你去，送你回家？」

「你聽我說……」祐祐終於從震驚之中回過神來，準備開始解釋一切。

「我對他的愛，跟對你的愛，是不同的，我對他的愛是跟對這個宇宙一樣的愛，對你的愛不一樣。」

「不要跟我說這種鬼話，我聽不懂妳的鬼話，我只知道我的女朋友，每天睡在我旁邊的女朋友，我每天幫她按摩雙腳的女朋友，背著我跟別的男人說愛你，說想你，趁我睡覺跟別的

男人聊天到天亮，欺騙我去跟客戶吃飯其實是跟別的男人約

會。」

「接著呢？」故事接近尾聲，陳醫師放下了紙跟筆開始聽著對面的男人講述結局。

「我們又達成了一個約定，她不會再跟那個男的有私下的聯繫。」

「那她有遵守嗎？」

「我必須再說一次，她覺得她掩飾的很好。」又想到這，安格斯這次是無奈的苦笑。

「她這次改了密碼，但我太瞭解她的一切了，我只試了一次就破解成功，依然是我的女朋友主動向對方聯繫，背棄了我們之間的約定。」

「不。」男子的眼神突然迷茫了起來「是我跟我自己的約定，我早該下定決心離開她的。」

「時間到了。」陳醫師起身，「很高興，這幾堂課程結束了，我現在可以對你開立診斷書了，你想聽嗎？還是想回家再看呢？」

安格斯回到了新的住處，有著自己的房間，躺倒在床上看著陳醫師的診斷書，上頭寫著憂鬱症、抑鬱症等等醫學名詞，最後還有一張小卡片，上頭寫著陳醫師對於這段感情的遺憾，以及希望安格斯改變的思考方向。

「安格斯，希望我是最後一次與你會診，以佛教的角度來說，你的情況可以稱作智障，並不是歧視人的髒話，而是指你的智慧超群，可以預見到許多可能發生的事情，但因為你預見到了，或不願或不能避免，導致你持續發生相同的狀況，還有則是你的記憶力太好，需要遺忘的事情太多，使你的心中充滿了回憶，無法宣洩，希望你找到，能夠宣洩壓力的方式。」

安格斯放下這張小卡片，抬頭看見的是位在沖繩，他書寫給祐祐的明信片內容：「感謝有妳，陪我走過這段陌生的路，沒有妳，我連踏出海關的勇氣都沒有，願我的世界中，一直有妳，願妳的世界裡，我能繼續為妳擋風擋雨。」

「哈，擋風擋雨，擋到自己千瘡百孔。」

國家圖書館出版品預行編目資料

思念總在分手後 / 宛若花開、安塔、澤北　合著.—初版.—
臺中市：天空數位圖書　2021.07
面：14.8*21 公分
ISBN：978-986-5575-39-7（平裝）

863.57　　　　　　　　　　　　　　　　　110011539

書　　　　名：思念總在分手後
發　行　人：蔡秀美
出　版　者：天空數位圖書有限公司
作　　　者：宛若花開、安塔、澤北
編　　　審：此木有限公司
製 作 公 司：盈愉有限公司
版 面 編 輯：採編組
美 工 設 計：設計組
出 版 日 期：2021 年 07 月（初版）
銀 行 名 稱：合作金庫銀行南台中分行
銀 行 帳 戶：天空數位圖書有限公司
銀 行 帳 號：006-1070717811498
郵 政 帳 戶：天空數位圖書有限公司
劃 撥 帳 號：22670142
定　　　價：新台幣 230 元整
電子書發明專利第 Ｉ 306564 號

※　如有缺頁、破損等請寄回更換

Family Sky

紙本書編輯印刷：
電子書編輯製作：
天空數位圖書公司　E-mail：familysky@familysky.com.tw　http://www.familysky.com.tw/
地址：40255台中市南區忠明南路787號30F國王大樓　Tel：04-22623893　Fax：04-22623863